バベル

Babel

吉村実紀恵

短歌研究社

バベル＊目次

I

II

Ⅳ

バベル　Babel

装幀　岡　孝治
写真　Djjeep_Design / shutterstock.com

I

朱夏

庇護の手をふりほどきわが見上げたる空の高みに雲雀うしなう

慈雨のごと生理は来たり　植物に水吸わせつつ時を過ごしぬ

百日紅窓より見えてその朱さすでに訣れしものと思えり

何をもて天与の性と和解せむ遂にいのちを産むことなくて

かつてわれ苛める側に加担せり発育早きクラスメートを

朱きひれゆらめきやまず無知ゆえに混泳にて死なしめし金魚の

立ち漕ぎで坂のぼりゆく少年の嗚呼その明日に嫉妬している

真実は事実の敵と炎天に向日葵深くうなだれるまで

ペーパーウェイトは月の海　父恋の歌多く載る歌集読みさす

寡婦あるいはシングルマザーの物語かつて創作に父を殺めて

唯魂論《アニミズム》酔いつつ語る君という成功哲学のなれの果て

「リストラは神の配剤」その舌でグラスのふちの塩を舐めつつ

途中より愛撫拒みて出て来れば幾何学模様ばかりの街よ

『アンナ・カレーニナ』よりひとり連れだしてあるく参道に並木がゆれる

わが胸の故郷を接収して建てり再開発の高層ビルは

パンプスは三センチでもトレンチの後ろの衿はもう立てずとも

目かくしを解かれぬままの二十余年ならばこのまま解かれずにいよ

落ちてなお色ある花に壮年を過ぎたる心添わせむとすも

不惑から知命へ至る未舗装の道に拾えり蝉のぬけがら

鳴りひびく長音三声の汽笛あしたの夢に錨を下ろし

人格

わが裡に見知らぬ人格が次々と起てりこの愛に相応わんとして

過去形でおのれを語るいつわりはコーヒーカップのふちより溢れ

逢うほどにわからなくなる霜月の風に裂かれて自画像笑まう

安息日に麦の穂を摘むふたりなり愛に渇きて智慧に飢えれば

短調から長調へ移りゆく指の滑らかなるに躰まかせつ

おさなごも大の男も憩わせる丘持てりながく忘れていたる

潮騒を呼び戻すべくわが肉《しし》が内なる少年を犯してやまぬ

ノックするドアの向こうに立つひとよ言ってくれぬかここに棲めよと

いかに告げむすべて生い立ちのせいにして手中の鳥も死なしめしこと

言い出せぬままに別れて噴水の語ることばに聴き入るゆうべ

余白

抱擁に肌ほどかれて今さらに産む性と生《あ》れしことをかなしむ

海とひとつづきとならむ抱擁に肌をさすらうあまたの水母

海の字に母のあることかなしかりわが潮の香にむせび泣くまで

逆光に立ちて輪郭のみとなる君はとおくの海ばかり見て

入水の女われらを振り向きてほほ笑む　白き波頭ひかる

死者もろとも抱かれているのかもしれずそのまなざしの遥けさゆえに
語られぬことあればこそ愛しけれ今宵は君の余白にねむる

刻印

トウキョウに飼い慣らされし首すじに刻印のごと雨、ひとしずく

木枯らしに引き摺られつつ寄り来るはマスクなりどこか託《ことづ》てめきて

雑踏をはなれて歩き出す君をうしろから彼方《あなた》と呼ぶときの距離

向き合えば饒舌になる行間を読み解く力もてあましつつ

東京はもはや迷宮《ラビリンス》にあらず行き交う影になじみつつ往く

ポンカンを剝きつつ君と探りおりもっとも美《は》しき自死の理由を

世の中の色という色かき混ぜて愛交わしおり灰になるまで

薔薇よりも深紅であろう自らを傷つけて咲く花があるなら

手を取りてふたり迷えり終着はされこうべ吊るされて鳴る森

小学校校舎の窓のひとつのみ明るむ逢えぬ夜の散歩に

座礁船

しらほねをこの世に座礁した船と思えばかなし海に降る雪

思慕ひとつ沈めてくらき冬の海こぎ出すための櫂をあたえよ

そばにいてくれればいいと来世まで自殺を延期し続けるひと

あの世よりこの世に流れ込むごとしエンドロールに亡き人の名も

輪郭をうしなう恐れ今もあり誰か肖像を描いてくれぬか

くさぐさの指のたわむれこめかみに銃口あてる指のしぐさも

彼の人に愛憎半ばする刻を嘲笑いつつ没ちゆく夕日

毒あればこそ惹かれゆく君影草《すずらん》よ末梢神経さびしき夜は

書架

われよりも永きいのちをヤフオクで落札したり陶器人形

陶製のうなじは潔し恋に恋せし少女期の忌として置かむ

実用書のたぐいは置かぬと決めてより書架は小さな宇宙となりぬ

この書架を支配しているのは彼女　われの背後の世界を見つめ

作り手の愛うたがわぬまなざしよ　嫉妬もリルケも同列に置く

オルゴール人形だったそのむかし永遠《とわ》に変わらぬ愛など謳い

リヤドロの陶器人形たおやかに諫死しており書架のくらみに

かつてある男と暮らせり夢をみることを仕事としているような

ジュウジュンと猫に名付けし女あり不倫の恋を終わらせしとぞ

義父と呼べるひと欲し紫陽花の咲くころ巡りくる〈父の日〉に

方舟

迷走を強いてきらめく環状線ためらいもなくわれらは迷う

方舟のごとき車体にワイパーを酷使してなお展けぬ視界

かなしみの核に柘榴を実らせて拾うほかなし神の布石を

愛ふかき土より生れて人も実も熟する前に落ちることあり

自らの身を裂きて地に墜ちゆけば柘榴は母なる果実とおもう

母となることなく生きてタクシーの深夜割増料金表示

花束を抱えて帰る花束にふさわしき顔よそおいながら

街灯は等間隔にうなだれてこれがおまえの時間だと言う

今日ついた嘘が明日の糧になるジップロックに冷える肉塊

次の世もおんなでありたし生と死の境に赤い口紅を置く

夜光虫

休日もビジネスのごと逢いに来るシャツのボタンを上まで留めて

植え込みにダリア咲かせし茶房あり今はダリアの死のみ残れる

かたくなに何護りいるひとならむ毒入り紅茶をわれは夢想す

言外にあまたの含み持たせつつ「そろそろお開きにしますか」と

閉店のまぎわに出れば「まだそこにいたの」と笑いさざめく櫨よ

ステージの君に見入りし彼《か》の場所も更地となれば何と小さき

〈哀〉もまた末広がりの漢字なり持てあまし気味の愛はさておき

月のものながく来ぬこと訴えるわれを主治医はさらりとかわす

石つぶて投げればひかる夜光虫わがかなしみは閉じがたくして

鞭毛を揺らしてわれより離《さか》りゆく船の後尾を青く光らせ

昼間には赤潮となり海を覆う死のゆりかごと呼びたき赤よ

少女期を閉ざせぬままのわれとおもう授乳の喜び言いくる友に

鮮血の記憶さびしむ身体もて独り歩めり残照の街

二十年周期の流行にマネキンは睫毛を伏せてなすがままなる

みずからの色を忘るるまで浴びたし銀座アップルストアの白を

ここよりを終章《おわり》の始まりとして立てり再開発のビルの屋上

今日を閉じ損ねて真夜に眺めおりタイムラインの悲喜こもごもを

夢に見し夜光虫のひく青き余韻　生まれたがっているたましいか

垂直

思い入れしずかに語るひとといる閉園まぎわの動物園に

くり返し愛しているかと問うひとの瞳にやどる矛盾を愛す

垂直の時間うるわし猿山に身をふるわせている一匹の

われならば嬉しかるらむ炎上せし「獣のよう」という形容も

耳たぶにふれてくる指　せつなさがあるからひとは生きられるのに

まな裏にゆらめきやまぬ炎あり手紙の束を火にくべし日の

閉園のチャイムに押されて歩き出すゆうぐれの血をもてあましつつ

さびしがる心を飼い馴らす檻かわれの四方に立ち並ぶビル

水底

愛交わす度にかつては隔たりし君の思想に馴染みゆくかも

水底にしづもれるごと抱き合えり君を鎧えるものを剝がして

いつもより目深にかぶりたる帽子いま少し世界を翳らせたくて

くり返す月の満ち欠けかなしかりもはやわが身と響き合わねば

炎天に日傘を置きて彼《か》の夏の記憶へ殉死遂げたるおんな

残照の海見はるかす失いしもののひとつを取り戻さんと

フォルダごと消去して閉づ　生きるため忘れるのだと言い聞かせつつ

砂

走馬灯は不意に速度をゆるめたり　そこよりふたたび滲みだす生

海面はかがやき増せり　転生を語るわれらの視線の先に

一度きり抱いてくれたら砂になる世界でいちばんきれいな砂に

II

黎明の風

またひとつ自社開発をほうむって漕ぎ出す二百海里の果てへ

ものづくり神話の終わりゆくさまを見届ける一兵卒なりわれは

エンブレム光る胸もと株主のための会社であればなおさら

ものつくる心は知らず颯爽と〈ガイシ〉に集う若きエリート

「派遣切り断固反対！」その声を踏みつけてゆく細いパンプス

詩は常に量産される　派遣切りされた男の拡声器から

非正規と呼ばれてマイク向けらるる胸もとに秋の陽は耀えり

デジタル化進む世界の断崖に座りて辿るメビウスの帯

第三の目はひらくのかパソコンに眉根をよせて生きるひとらの

手の甲に色濃く満ちている明日よおんなはむしろ手のひらよりも

われは今いかなる旗か黎明の風にいく度もひるがえりつつ

両性なれば

プラセンタ濃度たしかめ流し込む苦汁のごとき美容ドリンク

みずからを恃みて咲けるコアジサイ飾らずともよし両性なれば

感情の錨を降ろすわがために選ばれし白磁のコーヒーカップ

収集車ほがらかに来て連れ去りぬわが二十年越しのパディントン

汗ばめるシャツ無造作に脱ぎ捨ててなお女なり自認の性も

バベル

次々と駐在員が吸われゆく歓楽街に雨降り始む

カタコトのベトナム語にて値切りたる刺繍雑貨の針目うつくし

嚙み切れぬ硬さの肉と格闘す日本人専用キャンティーンにひとり

アセンブリ・ラインにひそと組み込まれ統廃合の噂もめぐる

木の病理部分が描くうつくしき木目を乗せて走る日本車

力みつつ在庫管理を説くわれは時おり胸の社章たしかむ

通訳を介する前の日本語に頷きぬ初老の Taiwanese は

内海をさすらう風として生きむこのかりそめのグローバル化を

百円のワインに杯を重ねつつ君は〈連日高値〉を語る

新聞社跡地に建つというホテル地球の裏まで見渡すだろう

グローバル時代の共通言語もて人はふたたびバベルに挑む

船室の窓にひとしく切り取られ世界は煙る同じかたちに

羅針盤もはや恃まず　神々の海を左右に分かつ出帆

ロスジェネ

コピー機の熱を保ちてわが前に置かれたり労基署の聴取依頼は

「ソーシャルディスタンスですから」労基署の事情聴取も電話にて受く

他人《ひと》の死を語れば饒舌になるわれと気づきて声のトーンを下げぬ

「何も死ぬことはなかった」お決まりの台詞はたしか十二年前も

平成の印字持つものことごとくシュレッダーして　さらばロスジェネ

灯を消せばあかるむ一脚の椅子ありき　貴女もロスジェネを生きし輩《ともがら》

たった今出で来しビルを懐かしきもののごとくにふりあおぐ夜

上階はまだ点りおりその内に今日も日付を越えむ人らよ

レッドブル

氷河期に職を得てはや二十余年えり分けて抜く白髪さみしも

無言にてひしめき合えるエレベーターとりどりの社員証を提げつつ

海の青ほしいままなる深海魚そのなれの果てならむかわれら

氷河期もリーマンも耐えて現在《いま》あるとグラスに移して飲むレッドブル

黄の泡に唇《くち》濡らしつつ見物す角突き合わせいるおところを

「地震だね」「そのようですね」ミーティングルームのコーヒーカップがゆれる

わが胸をあまく覆える靄あれば押し流さむと啜るブラック

トレンドをしずかに昇る#コロナ切り　屋上へつづく階段冷えて

見はるかすお台場の灯のつつましき明滅よこの先もかくあれ

気まぐれサラダ

犠牲とは呼ばぬものらし口の端をゆがめてふたことめには家族と

守るべきものがあるから働くというおとこらに故なき怒り

おまえではマネーの話はできないとどこまでもその語気はやさしく

会社には行かぬ、行かれぬ君のため取り分ける〈シェフの気まぐれサラダ〉

欠勤をかさねる君よふところに携うるべき詩集はなきか

あの日からゆくえふめいの子どもらの監禁されているオフィスビル

いっせいにググり始める乗客ら人身事故を告げる車内に

安定を選びしわれは人知れず胸の内なる鳥を逃がせり

パンとスイーツ

缶チューハイ今日も片手にあきらめた人は失業者に含まれず

職安の古りたるビルに降り注ぐ雨に濡れおり求職者らも

「仕事がないなら起業したらいいじゃない」明日のパンさえ無き若者に

巣ごもりの巣のなきひとら想いつつ湯に投げ入れるデュラム・セモリナ

よく読めば七五調なり廃業を告げる手書きの文字うるわしく

枝分かれしてゆく存在価値《レゾンデートル》よ強光に時おり向きを変えつつ

生きているだけで祝福されたくて吟味するインスタ映えのスイーツ

夢果ててなお外海をめざすだろう格差社会の網目をくぐり

学歴で食べていけるとあの世より叱咤のごとく降る父の声

国際線搭乗ゲートに吸われゆくまぼろしのわれ颯爽として

円周率

破棄したき情事のひとつ「収集日が違います」と貼り紙をされて

紫陽花を見に行くという約束も反故にするこの古傷かなし

特価にて買いし革靴ゆうだちに濡れて獣の臭いを放つ

通勤の途上に遇いし盲導犬その垂れし尾にわれも従きゆく

退職のおんなデスクにさりげなく貼りし付箋の軽さにて去る

サイゼリヤワインで酔えるアラフィフは円周率も〈3〉でよからむ

もう着ない服、読み返さない手紙　過去と暮らしているも同然

終電に目を閉じており「前向きで明るい人」の役目を終えて

折々の断捨離を経て残りいるギターが夜の風に鳴り出す

皺寄る朝

レンチンも軍事技術の転用とホットミルクに皺寄る朝《あした》

通過するのみの朝なり品川の駅看板にゴッホの眉間

木枯らしに舞い上がるべき号外をなくした街よ　スマホに訃報

軍用に樹幹そがれし老松に耳を想えりゴッホの耳を

存在はハイデッガーよりメッセンジャー、あるいは既読ラインのなかに

だまし絵のごとく潜めるわれありて師走のディズニーシーの賑わい

影踏み鬼

人材を人財と記す研修の資料を繰れりみな無言にて

かろうじてヒトモノカネのヒトなればさざ波のごとコンコースゆく

影のみが颯爽とゆく白昼夢とかれぬ肉《しし》を置き去りにして

ＩＴの縮めた距離を行き交えるわれら路面の影となり果て

影踏みの鬼となりたり人流の戻りし街にめぐり合う影

置かれた場所で

酒屋よりもらいし今年のカレンダー固く巻かれしまま時を統ぶ

あっけなく葉桜となる空の下　リモートワークのままの異動も

さらさらの髪なびかせているような挨拶文なり　入社四年目

声だけのリモート会議の前にひく口紅どこか密《みそ》か事めく

スカイプの会議に招かれざる午後はデスクトップに金魚泳がす

巣ごもりの日々にも慣れてはるかなる遊牧民《ノマド》の鳴らす指笛きこゆ

うなだれて咲く水仙の首ほそし置かれた場所で咲けと言われて

忘れよとほほ笑みたまう観音と思い出せよと受苦するマリア

雨にぬれても

降る雨に南天の赤極まれり母をなじりて出で来し朝の
コロナ禍の街の閑散をひた歩む母の涙を受け止めかねて

他愛ない嘘ひとつだけ忍ばせてある履歴書に花びらの降る

貼出しの求人票を見ていしが出てゆきぬ　画廊を去る足取りで

これもまた神のはからい北風に首をすくめて職安出でぬ

「パパ最近ずっとおうちにいるんだよ」キラキラネームの少女が笑う

B・J・トーマス訃報届きしその朝も異国の雨にあこがれていた

死ぬための練習帳としてひらくサン・テグジュペリ『人間の土地』

メタファ

死後硬直の鱗をはがす世の中のすべてがお洒落で優しい朝に

現実は理想のメタファ朝な朝な熱きシャワーをうなじに当てる

たわむれに髪結い上げてつくづくと見るそれなりに老いたるうなじ

ミルフィーユ剝がしつつ食む瞑想の一歩手前をたゆたう甘さ

清潔なロゴスを語るひとといてその息づかいのみを聞きおり

ありのままと合唱しつつ子らはゆく学校帰りの塾への道を

生活のひとつひとつを控えめに灯しおり台風一過の団地

三世代家族あかるく集いおり不法投棄のテレビの前に

ミッドヌーン

転居先不明と捺されて戻り来し葉書を栞にして読むカフカ

「二人入居可、ペット相談」なる人生の楽屋裏にて化粧をおとす

念入りに化粧をおとす同性婚請求棄却のニュース聴きつつ

人間の味するらしと柘榴食む惰性で愛を交わしあとに

乳児泣きやまぬ隣室　このわれも確かに母より生まれはしたが

中空に浮かぶ真昼のアドバルーン告知するべきもの持たぬまま

水脈

手相見の声にかすかな侮蔑あり五指を拡げて聴き入るわれに

波打てる感情線をほめられて無性に海へ行きたくなりぬ

Wi-Fiを探し求めて流浪する青く奔れるひとすじの水脈《みお》

スマホ繰る指のつづきに触れてくる刹那主義とは無縁のひとよ

そのゆくえ海と信じて蛇行する川に身をまかせている落ち葉

ケータイをまた文庫本に持ち替えて立ち上がる次の十年のため

潮目が変わる

そそくさと君の職場をあとにする最後の韻をうまく踏めずに

相容れぬものと知りつつ惹かれゆく犬より猫を好む青年

たぶんこの次はないひとマティーニのオリーブだけをつまんでかじる

ある時は探らんとする目の奥にむしろ決定的な拒絶を

昨日までわれを鎧いしあれこれが部屋干しされて腐臭を放つ

密やかに育ちつつある頑なさ液晶画面みだれる夜も

人生で流す涙の総量が一定ならば　そろそろ尽きむ

かろうじて昭和生まれの男子らと呑む夜　そろそろ潮目が変わる

III

東京残留孤児

雨上がりのビル群低く、近く見ゆ〈東京残留孤児〉なるわれに

十五歳。予備校冬期講習のさなか昭和の終焉を聞きぬ

歯ブラシに血は滲みおり平成と昭和に裂かれつつ生きる日々

トウキョウに慣れたる耳がふるさとの訛りを訛りとして聞き始む

施して報いを願わぬ母からの荷をほどくわれは娘の顔で

若者の保守化を憂う団塊の世代は糧とせむわかものを
背負わされていしものの重さをひけらかすごとく歩めりある年の瀬は
自らをあざむくための優しさにあふれる街よ東京というは

雑踏の中うつむけば吸いさしの煙草が長いまま消えており
ゆきずりのわれらスタバのセイレーンに集えり座礁せし船のごと

ブラックマーケット

高架線とどろくを聞く頭上よりモノクロの喧騒よみがえり来む

アメ横の地下に肉塊を売り捌くひとら各々の母語燃やしつつ

炒り立てのナッツを口に含みおり猥雑にかくも焦がれしわれは

東京にB面ありき　むき出しの配管と室外機と落書きと

厚化粧のおんな忽ちガード下の立ち飲み屋へと吸われてゆきぬ

頬黒き復員兵らながれゆく白昼夢より淡き明日へ

陽の光あつめて恍惚と過ぎゆけり復員兵の帽子の徽章

なけなしの愛うけとめむ切り売りのパイナップルにひりつく舌で

食べ歩きする少女らのゆるやかな胸の起伏をまぶしく見つむ

不夜城

無神論唱える昼の月浮かび行き交うひとの静かなる耳

ダンボールハウスを強制撤去して〈バブルの塔〉の異名うるわし

ひび割れたスマホ画面よあの頃は世界に素手で触れていたっけ

〈準備中〉の札が斜めに掛けられておそらく二度と開かぬ扉

百年が隊列をなして追い越してゆけり路傍に佇むわれを

生牡蠣にレモンをしぼるカウンター六席の不夜城にあまねく光

白夜なき国に生まれてしらじらと明けゆく空に醒めるほかなし

花園神社

青線とかつて呼ばれし街を背に建つ拝殿の鈴の音羞《やさ》し

死を口にすれば穢れとなる国の返り血を浴びて社かがやく

絵馬の束　すなわち欲の束ありてこの国のくらき舌となるまで

かつてこの地に咲きていし花々の末裔《すえ》か一輪のひときわ紅し

胎の道なして連なる朱き鳥居その先に闇が口あけて待つ

かごめかごめ、はないちもんめ知らぬ子らはしゃぎつつ過ぐ夜明けの晩に

死者ひとり呼び戻したき霜月の見世物小屋に売られいし笛

唐十郎テントはためく百年ののちは荒野となるべきものを

紅のテントくぐれば視るだろう東京が失くしつつあるunderground《アングラ》
弔いの碑文をあざやかに見せて雨降り続くこの世の境界《きわ》に

致死量

廃ホテル脇より老猫が出でて来ぬ全部見てきたという顔をして

詐欺撲滅のパトカーしきりに訴うる絆なるもの探ればかなし

法の目をかいくぐりつつ致死量の寂しさそこかしこに売られおり

この街の見えざる手とはかぎりなく優し日付を越えし者らに

暗黙の了解という心地よさ〈野郎寿司〉にて深夜の寿司を

不義の子と自らを言う美しき横顔にその真偽は問わず

気の抜けた炭酸水と答えおり愛でなければ何かと問われ

歓楽街路上の脇に積まれたる塵芥に紛れておらむわが明日

憚らずおとこのひとの胸で泣くわれは自画像ひとつ描けずに

清純派女優の遺書の一節がよみがえり来ぬ風ぬるき朝

檸檬

パンプスのかかとに冬は極まれり風俗店のチラシを踏めば

ホストらの片耳にピアス灯り初む陽射しおとろえゆく二丁目に

五万円おろして向かうネオン街キャリアウーマンと呼ばせるために

底なしの夢へと堕ちてゆけるかもレモンを檸檬と呼ぶ君となら

鳥の羽ほどの重さでうえになる君の心音にふるえるほどの

分刻みで更新されてゆく街の路地裏に聴くピンク・フロイド

アドトラックきらきらとして高収入バイトを謳う　聖夜は間近

回遊魚

まぼろしの船着場見ゆ品川に潮の香たちこめている如月

回遊魚あまた抱きて都市という水槽は年々深くなりゆく

魚らを左右に分かつ改札のシンメトリーに寄り添いゆかな

たとえばあの塑像《トルソ》の下に大海へ逃してくれる通路はあるか

潮の香を引き連れてくる男性《ひと》ありて心中の生き残りにあらずや

かつてこの涙で歪ませた街よ今は液晶の世界にゆがむ

笹舟は草にかかりて此の岸にとまらむとする性《さが》のかなしさ

平成はみじか夜だったかもしれず江戸城跡に実る九年母

船上の夜

海よりもまばゆく光る汗みせて港湾労働者らの八月

一粒の麦吹きさらう港湾の風にかすかに体臭まじる

ガントリークレーンが空を振り仰ぐスト決行の狼煙をあげて

着岸をゆるされぬまま過ぎゆきし船上の夜はうつくしからむ

値下げパン

生活の足場組みいるおとこらの怒号を聞けり住宅街に

レジ袋に収まりきらぬ生活のいびつを提げてわれも主婦めく

値下げパンふたつ抱えて駅を出る終の住処を持たぬゆうぐれ

画家の筆こよなくやさし一本の落穂も拾わせぬ世にあれば

踏みしだくほどに色増す落ち葉らよこの道をすでに行きし者など

孤独癖それもおまえの属性のひとつと落葉樹に諭されて

食べ物の話題ふえゆくおんならの夕刻われも饒舌になる

十年の月日を一人住まいにて孵らぬままの卵をいだく

トロイメライくり返し聴く一生を錯覚のまま終わらせたくて

無理なご乗車

子をなさぬままに生きればすがりくる手もなし　ネイル光らせ歩む

朝靄に舟は発ちたり　奇跡的再ブレイクなどわれにはなくて

開閉をくり返すドアをとおく見る〈無理なご乗車〉もはやせずとも

隠し持つナイフはとうに錆びたればせめてマクロをこわさぬように

ほとばしる湯に手を浸すとめどなきスマホ操作をようやく終えて

明日からはまた現実と言う人の今日はそれなら何であろうか
間違っていたと最期に笑うのか掛け違えたるボタンのように

送り火

色褪せてむしろ淘汰の時を待つ場末のカフェもその常連も

アッサムは濃く煮出されてゆるやかに流れる時のしじまを映す

執拗に果肉をつぶす先割れの匙にいびつな顔をひろげて

熱き湯にたちまちひらく花の弁かつてわれにも在りし昂ぶり

いまだ子をなさぬ女の体温に胸をあずけて眠りゆくひと

抱かれてひと夜をねむる永遠に孵ることなき卵のように

首都の夜を連なり奔るテールランプわが放埒の送り火となれ

Ⅳ

真昼の星

いくたびも連れ戻される過去があり真夏のバスは海へと向かう

配達のごとバス停に降ろされしわれは昭和の消印を持つ

灼熱に肌さらすのみ天蓋と呼びたき空を探しあぐねて

亡き犬もまぎれておらんウミネコら真昼の星となりてきらめく

翳りある視界をふいによぎる鳥あっけらかんと白さを放つ

海にひらく花火とともによみがえる家出少女を装いし夏

すれ違うことを選んで歩きだすまばらなバスの発着時刻

包帯を足のかたちに取り置きぬ亡き飼い犬の足のかたちに

わが内に語りつくせぬ夏ありて海の彼方にひらくパラソル

陽炎

蟬の声きわまる昼の公園に少女の靴が脱ぎ捨ててあり

忽然と少女が消えた夏のこと語れば母は口つぐむのみ

赤錆びて軋むブランコひたに漕ぐわれの処女地を呼び戻すべく

ペディキュアの足が地を蹴り宙に舞う焦土に降り立ちしことのなき足

陽炎のなかにゆらめく誰もかれも無声映画の脇役として

大きめの日傘の下に羞しさを隠して歩む陽炎の道

腋下より滴る汗に贖罪の匂いほんのり立ち込めており

母に似し体臭こもる晩夏《おそなつ》の陽射しに透ける白いブラウス

やや呆れ顔にて母は四十の娘のフリルワンピをたたむ

あの夏の目撃者なる向日葵は記憶の隅にうなだれて咲く

ここに種を埋めたと少女は口ごもる今年も咲かぬままの向日葵

こもれび

三十年行方不明の少女なるわれは緑の野を馳せゆけり

七歳の岸辺に葦をかき分けて見つけしものをいまだ忘れず

それはリルケの〈無数の生〉を生きていた頃だった　膝に砂をまぶして

こもれびは性愛に似てあどけなき日のあどけなき契りへ還る

少年の汗の匂いがよみがえる頬よせて名を彫りし屋上

純血の馬馳せゆかむ空のはて少年院は取り壊されて

読みさしのリルケは土の匂いしてひとつの生に収まりしわれ

まわるまわる海辺の白馬その背なに手を振る少女のわれを逝かしむ

テンカウント

驟雨過ぎて苔むす石の匂い立つ君の野性をこよなく愛す

冴ゆるゴングに真正面から打ち合えば内なる少年は幾度も起てり

清き膚その内側に息づける獰猛を今日まで育みしものはや

背中より崩るるさまによみがえる初めて仔犬を迎えし日のこと

歓声は遠くなりたり　新緑の木々わたる風のさやぎを聴けば

森ふかく匿われたるみずうみの面《も》に浮かぶごとあれよ敗者は

あこがれを空に放ちし日もありきテンカウント待つのみの敗者に

投げらるる白いタオルがひるがえり風を孕みて　出帆せよと

途中下車

積乱雲ある過剰もて広ごれり近しきひとを逝かしめし夏

モノクロの軍馬に背筋のばす父いま戦後史のどのあたり征く

閉ざされし掩体壕の入口を覆いて蔦のみどり明るし

救急車通りしのちの静寂を蟬はひときわ高く鳴きおり

かつて画家志したる青年でありしが見つむ路傍の影を

さまざまのこと想わせる八月よ戦中派の父の命日もまた

黄の帽子咲き乱れいる幼児バス墓参のわれを追い越してゆけり

手帳よりまろびいでたる切符あり途中下車して父は帰らず

帰省

ある不安胸をよぎりぬガムシロとミルクはひとつずつかと訊かれ

研ぎ汁にもろ手ひたしてじっとする母の記憶にしばし浸れり

禅寺にたたずむ石の距離感を保ちてわれら食卓につく

母の手がましろき皿より取り分けるかなしみの量《かさ》よ一家団欒

帰省するたびよそ者になりゆかむ刈田のつづく道を歩けば

影ながく曳きてたたずむゆうぐれの駅に遠近法狂いゆく

ためらわず独りにかえるゆうぐれは空と水面の照り合うごとし

川沿いにひと駅ぶんを歩きおりひと日やさしく閉ざさむために

プラハ

帰る日の来ること誰も疑わず華やかなりき出国ゲート

『リヴァイアサン』閉じて目をやるモニターは飛行経路をつぶさに映す

いつか観たオペラの書き割りの街が立ち現われてわれは目を閉づ

橋上の似顔絵描きは眉根より描き始む　取り巻く視線をよそに

書物から学べることの少なさよキャンディ売りと交わす目くばせ

欄干にほほ笑む母をファインダー越しにとらえて淋しくなりぬ

抑圧の歴史を持たぬ民われは被告の面もちにて街をゆく

灰とダイヤモンド

朝焼けのあかるむ部屋の片すみに聖譚曲《オラトリオ》生まれくるまでを見つ

硝煙の立ち込める部屋　明日という幻に従順であるはずもなく

祖国ということばを口にするときのうしろめたさをウオッカで焦がす

次々とウオッカグラスに灯されてゆれ惑う詩よ、死の漁火よ

息あらく奪われるときその人に神なるものの片鱗が見ゆ

逆さ吊りされたイエスを中央に配すタロットの正位置のごと

純白のシーツはためくその裾に悶死のテロリストを庇いつつ

灰底のダイヤモンドとなりぬべし若さとは混沌のひしめく意匠

身体かく丸めて死ねば取り戻さむ胎児の頃に抱きし愛を

吟遊詩人

理科室の模型かがやく　出生にまつわる嘘を重ねしわれに

生命線枝分かれせし手のひらを窪ませてその奈落に見入る

「死にたい」が口ぐせの友ひとりいて空うつるまでみがく皿かな

ばら園の薔薇ほどかれて風に舞う吟遊詩人そのなれの果て

韻律よ街より出でてどこへゆく死は郷愁に寄り添うものを

鈍色の街にやさしく背かれてくらき湯ぶねに肌を沈めぬ

吟遊詩人《トゥルバドゥール》と名づけてみむか人知れずからだの奥に咲かせる花を

四十五《しじゅうご》のおんなの肌を艶やかに見せてバスソルトの緑はも

ハナミズキ

ヘリの音絶えず聞こえる街に住むあまたの既読スルーと共に

外つ国の友はれやかに「ここで産む」と言いき日溜まりに腹を撫でつつ

ハナミズキ別名アメリカヤマボウシ祝日に旗かかげる家の

もう何度機体を立てなおしたのだろう不時着の地に羽を休めて

泣きかたはとうに忘れた　空調の下で観葉植物ゆれる

もう触れてくれないことを知りながらそばにいる秋の色を深めて

水の墓碑

もう逢わぬひとりの顔が浮かび来ぬ濡れし岩肌にしがみつくとき

水の無い世界に至る入口に水の墓碑あり氷柱と呼ばむ

登るたび異なる時間の層に遭う地上の価値を無きものにして

山肌に四肢をあずけて進むとき羽根ひく蟻の一途さに似る

むきだしの山肌あかく迫り来て生理の痛みふつと始まる

われを人たらしめるもの寝袋と小屋打つ風とホットコーヒー

大部屋のストーブ囲みて胡坐かくおとこ、体育座りのおんな

山行ストーリー分かちあうときゆきずりの男らはみな生き生きとする

いつの世の契りか地平に顕れて心のひだを絡めとる指

ことばなく火口見ており不老不死の薬を燃やす番人として

火をくぐるようにことばを選ぶときもはや帰らぬ一人への思慕

灯明となりし心地すあかつきの稜線上の風に吹かれて

白昼夢

人消えし街を歩めり口中のタピオカの弾力のみを頼りに

骨材のきらきらとしてコロナ禍に露わになりぬ東京の肌

空っぽのバス走り去る白昼夢ああこの街はいつか来た街

光冠のパラドクス想うまで今朝の卵黄に血の滲みていたる

布マスク干せり無作為抽出で生かされている者のつとめに

「我々はこの戦いに勝つ」という言挙げに果てしなき違和感おぼゆ

さまざまの心理を統べてアテナイを屠りしものは猜疑心とぞ

死者数に因りて導きうるもののひとつか神への愛のふかさも

〈概念化すれば仕事の八割は終了〉ウイルスもその対策も

ネットカフェ追われてもなお資本主義圏内にあればWi-Fi求む

ひと月半ぶりの出社の面映ゆくひと席おきに会話もどり来《く》

夏祭り中止となりて都知事選候補乱立せしめむ民は

マスクして輪郭うすき群像となりゆく品川駅コンコースに

感染症予防の大義に安らえるもとより貌なきものらの行進《マーチ》

近頃は路上に顔の半分が落ちているなり風に吹かれて

うつくしく均されて鳥のさえずりを響かせており老舗の跡地

オフィスビル越えゆくブルーインパルス仰ぎぬ逃避行かなわぬわれら

凍れる港

くぐり来し戦火はいまも燃えておらむＳＮＳのなかに、羞《やさ》しく

戦前と戦後を同時にみせる空その青ふかくなればなるほど

銀座和光時計塔鳴る昼下がりピート・シーガー口ずさみおり

花かごに花売る娘立つデジャブこの半世紀を生き永らえて

手の甲に土のにおいを嗅ぎ分けてやすらぐ臨海副都心線

君もまたアダルトチルドレンらしく。傷持つ花として束ねらる

欠番の第VI因子に依るものか血を吹くほどのかなしみあるは

Vフォー・ヴェンデッタ仮面の笑まうした情死のおんな紛れていたり

その仮面つけるのみにてアノニマスすなわち〈名無しさん〉と名乗らな

善悪を踏み越えてゆく笑みなりき仮面の奥で国旗を燃やし

凍れる港はうつくしからむ　恍惚としてスミノフに溶けゆく氷

密造酒飲みて死にゆく人らあり　モスコミュールにライムをしぼる

南下する若き兵士ら圏外となればスマホの画面より消ゆ

結界を破りてつづく縁日の狐の面をもとめる列は

異界より亡命してきたかもしれぬ青き蛾常夜灯にとまれる

生きるほかなく

アルテミス計画延期の記事を読む葉群れに透きて届くひかりに

五十年人類は月に降り立たずその満ち欠けに肉《しし》あずけつつ

ただ星を見上げて宇宙を視ていると信じていたり砂となるまで

パラシュートひらきて繭が降りてくる再誕生のごときしずけさ

パラシュート降下を目護る砂浜に打ち上げられし魚のまなこ

死後に知りうる感慨ならむ宇宙とは「懐かしい場所」という飛行士の

今ここを生きるほかなく　嬉々として毘盧舎那仏の鼻孔をくぐる

起きぬけの水のつめたさ飲み干してようやく今日の生につながる

あとがき

『バベル』は私の第三歌集です。『カウントダウン』『異邦人』に続く、二十二年ぶりの歌集です。大学四年生の時に同人誌「開放区」に参加、矢継ぎ早に二冊の歌集を出したあと、三十歳でいったん歌の世界を離れました。歌によって徹底的に自分と向き合わされることに嫌気がさしたのか。あるいは、もう何もかも言葉に昇華しつくしたつもりだったのか。とにかく、歌による内的な探求はもう終わり――。当時はそんな気分でした。

私は探求の場を仕事に求めました。グローバルな環境で働いてみたいという思いから、それまでの仕事とは全く畑違いの自動車メーカーに転職。そこからは無我夢中の十年間でした。自分で企画した仕事を形にするために海外出張に行くことになった日の夜、空港の煌めく滑走路と、離着陸する機体を眺めながら、ようやくここまで来たという達成感に浸っていました。その時の光景と感情を今でもはっきり思い出せます。けれど、仕事を通じて新しい世界を見、様々な感情を味わいつくしたはずなのに、当時の私はそれらを一度も歌に詠もうとはしませんでした。短歌にいそしんだ日々は、少しほろ苦さも混じる昔の恋のような、よき思い出となっていました。

四十歳を機に、私は歌の世界に戻りました。理由は色々ありますが、ひとつは愛犬の死です。古巣の「開放区」は百号を目前に終刊しましたが、様々な縁に導かれ、中部短歌会に入会することになりました。初めての結社でしたが、歌風の違いを認め、切磋琢磨する自由な雰囲気は同人誌のようでもあり、楽しい日々でした。

同時に、自分の歌の方向性に悩まされることにもなりました。表現することがひたすら楽しく、若さゆえの鬱屈したエネルギーを定型に注いだ二十代。その反動のように歌に背を向け、仕事に自己実現を求めた三十代。そして四十代、仕事も私生活もある程度の器用さで立ち回れるようになっていました。それは歌においても同様で、知識とテクニックでどうにか読むに耐えるものをひねり出しているという具合でした。二十代の歌も、三十代の仕事も未熟で無鉄砲でしたが、自分なりに構築したい世界があり、何より、切実さがあった。けれど復帰してからの歌には、血が通っていない気がしました。

巻頭に置いた連作「朱夏」は、二〇二二年に創立百周年を迎えた中部短歌会の「百周年記念二十首競詠賞」受賞作品です。この連作で、自分の言葉が肉体を取り戻したという感触を得ることができました。第三歌集への背中を押してくれました。収録した四六一首のうち数首を除くほぼ全てが、中部短歌会入会以降の作品となりました。

大塚寅彦主幹をはじめ、私の再出発を温かく受け入れてくださった中部短歌会の皆様、本当にありがとうございます。なかでも同人誌時代からご一緒させて頂いている菊池裕様には、歌集をまとめるにあたり、たくさんの貴重なアドバイスをいただきました。

東直子様には、丁寧な栞文を賜りました。特に歌の身体感覚にスポットを当てていただいたこと、うれしく思います。心より感謝申し上げます。

そして最後になりましたが、短歌研究社の國兼秀二編集長、担当の菊池洋美様、お忙しいなか装幀をお引き受けいただいた岡孝治様に厚く御礼申し上げます。

令和五年十二月

吉村実紀恵

著者略歴

吉村実紀恵（よしむら　みきえ）

1973 年　三重県伊勢市生まれ。お茶の水女子大学文教育学部卒

1995 年　同人誌「開放区」に参加

1998 年　第一歌集『カウントダウン』（ながらみ書房）上梓

2001 年　第二歌集『異邦人』（北冬舎）上梓

2014 年　「中部短歌会」入会

現在、現代歌人協会会員

検　省

印　略

中部短歌叢書第三一〇篇

二〇二四年二月一日　印刷発行

歌集　バベル　Babel

定価　本体二〇〇〇円（税別）

著者　吉《よし》村《むら》実《み》紀《き》恵《え》

発行者　國兼秀二

発行社　短歌研究社

郵便番号一一二―〇〇一三

東京都文京区音羽一―一七―一四　音羽YKビル

電話〇三（三九四四）四八二二・四八三三

振替〇〇一九〇―九―二四三七五番

印刷・製本　モリモト印刷

ISBN 978-4-86272-760-2 C0092 ¥2000E